AF332128

# ÉPITRE

## A

# MADEMOISELLE DJECK

ÉLÉPHANT DU ROI DE SIAM,

ORNÉE

DU PORTRAIT DE LADITE DEMOISELLE,

dessiné

## PAR HENRY MONNIER.

PRIX : 25 CENT.

# PARIS.

## CHEZ LES MARCHANDS DE NOUVEAUTÉS.

**1829.**

# ÉPITRE

## A

# MADEMOISELLE DJECK

### ÉLÉPHANT DU ROI DE SIAM,

ORNÉE

## DU PORTRAIT DE LADITE DEMOISELLE,

dessiné

## PAR HENRY MONNIER.

PRIX : 25 CENT.

# PARIS.

## CHEZ LES MARCHANDS DE NOUVEAUTÉS.

### 1829.

# ÉPITRE

## A

# MADEMOISELLE DJECK

ÉLÉPHANT DU ROI DE SIAM,

ORNÉE

## DU PORTRAIT DE LADITE DEMOISELLE,

dessiné

## PAR HENRY MONNIER.

❊

PRIX : 25 CENT.

❊

# PARIS.

## CHEZ LES MARCHANDS DE NOUVEAUTÉS.

## 1829.

IMPRIMERIE DE DAVID
Boulevard Poissonnière, n. 6.

# ÉPITRE

## À

# MADEMOISELLE DJECK.

A

# MADEMOISELLE DJECK,

ÉLÉPHANT DE S. M. LE ROI DE SIAM.


Par son très-humble et très-obéissant
serviteur,

## DESJARDINS,

*Ci-devant professeur d'histoire naturelle
au Musée de Gonesse, et présentement
rentier à Pantin.*

# ÉPITRE

## À

# MADEMOISELLE DJECK,

### ÉLÉPHANT DU ROI DE SIAM.

## PREMIER CHANT.

### SES QUALITÉS MORALES.

Animal surprenant, surprenant animal (1);
En le regardant bien, l'éléphant n'est pas mal,
Comme un singe malin, têtu comme une mule (2),
J'en conviens, cette bête est souvent ridicule (3).
Se fier à sa colère, il n'est pas bien prudent,

Car, quoiqu'il soit très-doux, il est souvent méchant;
Mais l'homme l'est aussi (4), de plus l'âme traîtresse,
Et l'éléphant n'a pas cette indigne faiblesse,
Pour défendre son maître, il brave le trépas,
Au milieu des dangers, il ne le trahit pas (5).

## DEUXIÈME CHANT.

### SES QUALITÉS PHYSIQUES.

Il mange un peu de tout, il danse, on dit qu'il chante,
    Lecteur, je ne garantis point,
      N'en étant pas bien sûr, ce point (6).
Sa trompe ou proboscide (7) est surtout surprenante;
Sa force est dans ses dents (8), sa douceur en ses
      yeux;|
Son cuir est des plus rude et son cri peu gracieux (9),
Sa sensibilité, pas de plus étonnante,

Qui devrait faire de honte, mourir le genre hu-
    main (10).
Si par hasard il tue un homme sans défense (11),
Il s'en repend (12), d'ivoire il maudit sa défense (13):
Il court et quoi qu'on die (14), il va toujours son
    train.
Aux échos d'alentour, fait redire sa plainte (15);
Il verse de larmes, souvent plus d'une pinte (16),
Et sans façon aucune, il se meurt de chagrin (17).

## ÉPILOGUE.

L'homme ne connaît point cet obstacle ;
Il tue et va rire au spectacle,
    Et ne s'en repent point (18).

## ENVOI.

❖

O Djeck ! adieu ; garde cette leçon,
En guise de morale.
Règle générale :
Le méchant au bon,
Fait scandale ;
Il est heureux un temps ; enfin,
A sa conduite, Dieu met fin.

FIN.

# NOTES.

## PREMIER CHANT.

(1) *Animal surprenant, surprenant animal.*

L'auteur entre dans son sujet d'une manière neuve et pittoresque, car, pour qui n'a pas vu l'éléphant, c'est vraiment un animal surprenant.

Chaabaam dit aussi : « Animal surprenant, surprenant animal. » Mais, d'abord, il s'adresse à un simple ours, encore n'en est-ce que la peau, tandis que notre auteur parle à un éléphant, un véritable éléphant, premier avantage. Chaabaam parle en prose et notre auteur en vers, deuxième et dernier avantage. Écoutez Chaabaam.

Animal surprenant, surprenant animal, voilà la preuve de sa sottise. Il ne sait que dire ; il répète deux fois la même chose, il ne fait qu'une transposition de mots; mais lisez le poëte.

*Animal surprenant, surprenant animal.*

Heim! quel vers harmonieux! Voilà de la poésie!!!

(2) *Comme un singe malin, têtu comme une mule.*

Façon de parler proverbiale.

(3) *J'en conviens, cette bête est souvent ridicule.*

Expression figurée, pour dire grosse et lourde bête. En effet, l'éléphant est une grosse et lourde bête. Ce qui ne l'empêche pas d'être fort agréable quant aux qualités sociales.

(4) *Mais l'homme l'est aussi.*

L'omelette aussi... Quel mauvais calembour!

(5) *Pour défendre son maître il brave le trépas.*
*Au milieu des dangers il ne le trahit pas.*

Peste, l'ami, comme vous y allez... Vous n'aimez pas les hommes, quelle satyre! c'est du Juvénal tout pur,

## DEUXIÈME CHANT.

*(1) . . . . . On dit qu'il chante.*
*Lecteur, je ne garanti point ,*
*N'en étant pas bien sûr, ce point.*

Quel historien consciencieux ! Quelle délicatesse ! Il ne veut point induire son lecteur en erreur. M. Arnol, artiste du Vaudeville, nous a beaucoup vanté la véracité historique de M. Odry, illustre auteur de l'immortel poème des Gendarmes *.

*Y 'avait un' fois cinq six gendarmes...*

Mais M. Odry n'était pas certain du nombre ; il y en avait cinq, il y en avait six : n'en sachant rien, M. Odry n'a fait que son devoir en disant qu'il y en avait cinq ou six. Mais ici la position de notre auteur n'est pas la même. Il est pour ainsi dire sûr que

---

* O Odry ! séduisant homme ! tu auras beau faire ! tu ne m'empêcheras pas de t'admirer !

*( Note de l'éditeur.)*

l'éléphant chante, il a ses autorités, il en a entendu parler, au besoin il pourrait citer les personnes qui le lui ont dit ; mais comme le fait lui paraît mériter confirmation, il emploie, pour ne rien avoir à se reprocher, l'expression dubitative, *on dit*.

(7) *Sa trompe, ou proboscide...*

Voilà de l'érudition ; proboscide, du latin *proboscis*, trompe d'éléphant, grouin de cochon. (Dictionnaire de Lalleman.)

(8) *Sa force est dans ses dents.*

Le fait est, qu'il doit donner un fameux coup de dent.

(9) . . . . . . . *Son cri peu gracieux.*

L'auteur a fort bien fait de ne point assurer que l'éléphant chante, puisqu'il lui ôte ici cette faculté, en disant : Son cri peu gracieux. Quel fidèle historien !!! Quel profond logicien !!!

(10) *Qui devrait faire de honte...*

Diable ! un instant... Douze, treize et quatorze

pieds... Voilà une furieuse licence poétique... Quatorze pieds, c'est long. Mais aussi quelle belle pensée! comme elle est neuve!

(11) *Si par hasard il tue un homme sans défense.*

En effet, le plus souvent, c'est avec ses défenses qu'il tue les hommes.

(12) *Il s'en repent.*

Voilà donc un animal, une bête, qui nous donne un exemple de ce beau précepte latin: *Incipit se pœnitere culpæ suæ.* * Quelle leçon!

(13) . . . *D'yvoire il maudit sa défense.*

Belle inversion. Mais pourquoi la maudire, cette défense, puisqu'il dit, dans les vers précédens que c'est sans elle qui l'a tué... Cela n'est pas très-clair.

(14) *Et quoi qu'on die...*

Voilà du Trissotin. On connaît ses auteurs.

---

* Je suis vraiment désolé de ce que je viens de faire.              (*Note de l'éditeur.*)

(15) *Aux échos d'alentour fait redire sa plainte.*

Tout comme un troubadour qui chante et fait l'amour.

(16) *Il verse des larmes, souvent plus d'une pinte.*

Si l'homme répand des torrens de larmes, je ne vois pas trop qu'est-ce qui pourrait empêcher l'éléphant, qui à proportion est beaucoup plus gros, d'en verser plus d'une pinte.

(17) *Et sans façon aucune il se meurt de chagrin.*

Quelle exquise sensibilité! Quelle délicatesse de sentimens; il n'en fait ni une ni deux après avoir tué son homme, il se meurt de chagrin; et comment meurt-il? sans façon aucune... Animal admirable, va !!!!

### ÉPILOGUE.

(18) *L'homme....*

*Il tue....*

*Et ne s'en repend pas.*

Bien au contraire, il s'en va rire au spectacle. Cette moralité fait naître une grande foule de pénibles et douloureuses réflexions. . . . . . . . . . .
. . . . . . . . . . . . . . . . . . . . . . . . .

O Djeck! l'homme est un bien méchant animal!

# LISTE

## DES SOUSCRIPTEURS.

Le roi de Siam.
Le sultan Chabaam.
Le schah de Perse.
Rochilder Effendi, historiographe de la sublime
  Porte.
Mademoiselle Djeck, premier éléphant du roi de
  Siam.
Madame Votrin.
Mademoiselle Jorge.
Madame Daisbrauses.
M. Édouard Swe****.
Madame Laure Swe****.
M. et madame L.
MM. Auguste L.
  Adrien L.

MM. Brunswich L.
    Adolphe L.
    Victor L.
    Ferdinand L.
    Alphonse L.
    Édouard L.
    Masse et compagnie.
    Frédéric D.
    R. R***, libraire.
    Gambe Aro.
    Charles S, dit le Gothique.
    Henry M***, peintre et hommé-de-lettres.
    Eau-de-riz, artiste, hommé-de-lettres.

Plus, une foule de vérificateurs, de receveurs aux déclarations, d'employés de plusieurs admitrations, d'artistes en tous genres, d'étrangers et de personnages de la plus haute distinction de tout âge et de tout sexe, dont le dénombrement deviendrait ici infiniment trop fastidieux.

FIN.

www.ingramcontent.com/pod-product-compliance
Lightning Source LLC
LaVergne TN
LVHW020416060726
842525LV00006B/2081